suhrkamp taschenbuch 4558

Kurz vor ihrem Tod im Februar 2012 hat die polnische Dichterin und Nobelpreisträgerin Wisława Szymborska mit ihrem deutschen Übersetzer Karl Dedecius noch einen Gedichtband zusammengestellt, der auf deutsch erscheinen sollte. Diese Auswahl von Gedichten ist zu ihrem Vermächtnis geworden.

»Ein kostbares Geschenk. Mit etwas zu essen und diesem Buch vor der Nase könnte man einsame Wochen verbringen. Sie wären angefüllt mit tausend Anregungen, die einen umtreiben, auch wenn sie listiger und einfacher nicht hätten dargeboten werden können.«

Wisława Szymborska, 1923 geboren, starb am 1. Februar 2012 in Krakau. 1996 wurde sie mit dem Nobelpreis für Literatur ausgezeichnet. Ihr Werk erscheint seit 1973 auf deutsch im Suhrkamp Verlag.

Wisława Szymborska

Glückliche Liebe und andere Gedichte

Aus dem Polnischen von
Renate Schmidgall und Karl Dedecius
Mit einer Nachbemerkung von
Adam Zagajewski

Suhrkamp

Der deutschen Ausgabe liegen die Bände *Dwukropek* (2005), *Miłość szczęśliwa i inne wiersze* (2007), *Tutaj* (2009) und *Wystarczy* (2012) zugrunde.
Nähere Angaben in der biobibliographischen Notiz am Schluß des Bandes.
Umschlagfoto: SZ Photo / Wojciech Plewinski / Forum

2. Auflage 2017

Erste Auflage 2014
suhrkamp taschenbuch 4558

Druck und Bindung: Druckhaus Nomos, Sinzheim
Umschlag: Göllner, Michels, Zegarzewski
Printed in Germany
ISBN 978-3-518-46558-5

Glückliche Liebe
und andere Gedichte

KTOŚ KOGO OBSERWUJĘ OD PEWNEGO CZASU

Nie przybywa gromadnie.
Nie zbiera się tłumnie.
Nie uczęszcza masowo.
Nie obchodzi hucznie.

Nie wydobywa z siebie
głosu chóralnego.
Nie oświadcza wszem wobec.
Nie stwierdza w imieniu,
~~gdzie zwoływanie i rozpytywanie~~ Nie w jego obecności to rozpytywanie –
kto jest za, a kto przeciw,
– dziękuję, nie widzę.

Brakuje jego głowy
gdzie głowa przy głowie,
gdzie krok w krok, ramię w ramię
i naprzód do celu
z ulotkami w kieszeniach
i produktem z chmielu.

Gdzie tylko na początku
sielsko i anielsko,
bo wkrótce jedna rzesza
z drugą się pomiesza
i nie będzie wiadomo
czyje są, ach, czyje
te kamienie i ~~kaix~~ kwiaty,
wiwaty i kije.

Niewzmiankowany,
niespektakularny,
jest zatrudniony w Oczyszczalni Miasta
~~w Oczyszczalni Miasta~~.
O bladym świcie,
z miejsca, gdzie się działo,
zgarnia, wynosi, do przyczepy wrzuca
~~do przyczepy wrzuca~~
co hakami przybite do półżywych drzew,
co rozdeptane w umęczonej trawie.

Podarte transparenty,
rozbite butelki,
spalone kukły,
obryzione kości,
różńce, gwizdki i prezerwatywy.

Raz znalazł w krzakach
klatkę po gołębiach.
~~Wziął ją do siebie~~ zabrał ją sobie
i po to ją ma,
żeby została pusta.

I Doppelpunkt

Abwesenheit

Es fehlte nicht viel,
und meine Mutter hätte Herrn Zbigniew B.
aus Zduńska Wola geheiratet.
Hätten sie eine Tochter gehabt, wäre das nicht ich gewesen.
Vielleicht eine mit besserem Gedächtnis für Namen und
Gesichter
und jede auch nur einmal gehörte Melodie.
Fehlerlos im Erkennen, welcher Vogel welcher ist.
Mit hervorragenden Noten in Physik und Chemie
und schlechteren in Polnisch,
doch heimlich Gedichte schreibend,
auf Anhieb viel interessanter als meine.

Es fehlte nicht viel,
und mein Vater hätte zur gleichen Zeit
Fräulein Jadwiga R. aus Zakopane geheiratet.
Hätten sie eine Tochter gehabt, wäre das nicht ich gewesen.
Vielleicht eine, die sturer auf ihrer Meinung beharrt.
Ohne Angst ins tiefe Wasser springt.
Geneigt ist, kollektiven Emotionen nachzugeben.
Die ständig an mehreren Orten zugleich zu sehen ist,
aber selten über einem Buch, häufiger im Hof,
wie sie mit den Jungen Fußball spielt.

Vielleicht hätten die beiden sich gar
in derselben Schule getroffen, derselben Klasse.
Aber kein Paar,
keine Verwandtschaft
und auf dem Gruppenbild weit auseinander.

Mädchen, stellt euch hierhin,
hätte der Fotograf gerufen,
die kleineren vorn, die größeren dahinter.
Und bitte schön lächeln, wenn ich das Zeichen gebe.
Aber zählt noch mal durch,
ob ihr alle da seid?
Ja, Herr Lehrer, wir sind alle da.

ABC

Nie werde ich erfahren,
was A. von mir dachte.
Ob mir B. bis zuletzt nicht verziehen hat.
Warum C. so tat, als sei alles in Ordnung.
Welchen Anteil D. am Schweigen von E. hatte.
Was F. erwartete, falls er erwartete.
Weshalb G. vergaß, obwohl sie genau wußte.
Was H. zu verbergen hatte.
Was I. hinzufügen wollte.
Ob die Tatsache, daß ich dabei war,
irgendwas bedeutete
für J. und K. und den Rest des Alphabets.

Verkehrsunfall

Noch wissen sie nicht,
was vor einer halben Stunde
dort auf der Straße passiert ist.

Auf ihren Uhren
irgendeine Zeit,
Nachmittag, Donnerstag, September.

Jemand seiht Nudeln.
Jemand recht Laub im Garten.
Die Kinder laufen kreischend um den Tisch.
Die Katze läßt sich gnädig streicheln.
Jemand weint –
wie gewöhnlich vor dem Fernseher,
wenn der böse Diego Juanita sitzenläßt.
Man hört Klopfen –
macht nichts, es ist die Nachbarin mit der geliehenen Pfanne.
In der Wohnung klingelt das Telefon –
vorerst nur wegen der Anzeige.

Ginge jemand ans Fenster
und blickte in den Himmel,
könnte er bereits die Wolken sehen,
von der Unfallstelle herübergeweht.
Zwar zerfetzt und zerrissen,
aber das ist bei ihnen an der Tagesordnung.

Morgen – ohne uns

Der erwartete Morgen ist kühl und neblig.
Von Westen her
beginnen Regenwolken aufzuziehen.
Die Sicht wird schlecht sein.
Die Straßen glatt.

Allmählich, im Laufe des Tages,
unter dem Einfluß eines Hochs von Norden
sind örtlich Aufheiterungen möglich.
Doch bei starken und wechselhaften Windstößen
kann es Gewitter geben.

In der Nacht
klart es fast im ganzen Land auf,
nur im Südwesten
sind Niederschläge nicht auszuschließen.
Die Temperatur wird merklich fallen,
dafür steigt der Luftdruck.

Der nächste Tag
verspricht sonnig zu werden,
obwohl jene, die leben,
noch einen Regenschirm brauchen.

Ereignis

Himmel, Erde, Morgen,
die Uhr zeigt acht Uhr fünfzehn.
Ruhe und Frieden
im vergilbten Gras der Savanne.
In der Ferne ein Ebenholzbaum
mit immergrünen Blättern
und ausladenden Wurzeln.

Plötzlich wird die süße Stille gestört.
Zwei Wesen, die leben wollen, sind losgelaufen.
Eine Antilope auf wilder Flucht,
hinter ihr eine Löwin, atemlos, hungrig.
Für einen Moment sind ihre Chancen gleich.
Die Fliehende ist sogar ein wenig im Vorteil.
Und hätte nicht diese Wurzel
aus der Erde geragt,
wäre nicht einer
der vier Hufe gestolpert,
wäre sie nicht eine Viertelsekunde
aus dem Rhythmus gekommen,
was die Löwin ausnutzt
mit einem weiten Sprung –

Auf die Frage, wer schuld sei,
nichts, nur Schweigen.
Unschuldig der Himmel, *circulus coelestis.*
Unschuldig *terra nutrix*, die Ernährerin Erde.
Unschuldig *tempus fugitivum*, die Zeit.
Unschuldig die Antilope, *gazella dorcas.*
Unschuldig die Löwin, *leo massaicus.*

Unschuldig der Ebenholzbaum, *diospyros mespiliformis*.
Und der Beobachter mit dem Fernrohr vor den Augen,
in Fällen wie diesem,
homo sapiens innocens.

Trost

Darwin.
Angeblich las er zur Entspannung Romane.
Doch er stellte Ansprüche:
Sie durften nicht traurig enden.
Wenn er auf einen traurigen stieß,
warf er ihn wütend ins Feuer.

Ob's stimmt oder nicht –
ich glaub es gern.

Sein Geist durchmaß so viele Gebiete und Zeiten,
er sah sich so viele ausgestorbene Gattungen an,
Triumphe der Stärkeren über die Schwächeren,
so viele Überlebensversuche,
früher oder später vergeblich,
daß er sich zumindest von der Fiktion
und ihrer Mikroskala
mit Recht ein Happy-End erhoffte.

Also unbedingt: ein Lichtstrahl hinter den Wolken,
die Geliebten wieder vereint, die Familien versöhnt,
die Zweifel zerstreut, die Treue belohnt,
das Vermögen zurückgewonnen, die Schätze ausgegraben,
die Nachbarn zerknirscht über ihre Sturheit,
der gute Name wiederhergestellt, die Habgier beschämt,
die alten Jungfern an ehrbare Pastoren vergeben,
die Intriganten auf die andere Halbkugel verbannt,
die Dokumentenfälscher von der Treppe gestoßen,
die Mädchenverführer auf dem Weg zum Altar,
die Waisen in Obhut, die Witwen beruhigt,

der Hochmut ganz klein, die Wunden verheilt,
die verlorenen Söhne an den Tisch gebeten,
der bittere Kelch ins Meer geleert,
die Taschentücher naß von Freudentränen,
allgemeines Singen und Musizieren,
und das Hündchen Fido,
schon im ersten Kapitel verschwunden –
möge es wieder durchs Haus laufen
und fröhlich bellen.

Der alte Professor

Ich fragte ihn nach jener Zeit,
als wir noch jung waren,
naiv, hitzig, dumm, unfertig.

Ein bißchen ist davon noch übrig, abgesehen von der Jugend,
sagte er.

Ich fragte ihn, ob er immer noch ganz genau wisse,
was für die Menschheit gut und was schlecht ist.

Das ist die tödlichste aller Illusionen,
sagte er.

Ich fragte ihn nach der Zukunft,
ob er sie weiterhin rosig sehe.

Dafür habe ich zu viele Geschichtsbücher gelesen,
sagte er.

Ich fragte ihn nach dem Foto,
dem gerahmten, auf dem Schreibtisch.

Alles längst vorbei. Bruder, Cousin, Schwägerin,
meine Frau, auf dem Schoß der Frau die Tochter,
auf dem Arm der Tochter die Katze,
der blühende Kirschbaum, und über dem Baum
fliegt ein nicht identifizierter Vogel,
sagte er.

Ich fragte ihn, ob er manchmal glücklich sei.

Ich arbeite,
sagte er.

Ich fragte nach Freunden, ob er noch welche habe.

Einige meiner früheren Assistenten,
die ebenfalls schon frühere Assistenten haben,
Frau Ludmila, die den Haushalt führt,
jemand, der mir nahesteht, aber im Ausland,
zwei Damen in der Bibliothek, beide mit einem Lächeln,
der kleine Grześ von gegenüber und Marc Aurel,
sagte er.

Ich fragte nach seiner Gesundheit und seinem Befinden.

Sie verbieten mir Kaffee, Wodka, Zigaretten,
das Tragen schwerer Erinnerungen und Lasten.
Ich muß so tun, als hörte ich es nicht,
sagte er.

Ich fragte nach dem Garten und der Bank im Garten.

Wenn der Abend schön ist, beobachte ich den Himmel.
Ich muß immer wieder staunen,
wie viele Blickpunkte es dort gibt,
sagte er.

Perspektive

Sie gingen aneinander vorbei wie Fremde,
ohne eine Geste, ohne ein Wort,
sie auf dem Weg in den Laden,
er zum Auto.

Vielleicht in Panik
oder zerstreut
oder nicht mehr wissend,
daß sie sich kurze Zeit
für immer geliebt haben.

Übrigens ist nicht garantiert,
daß sie es waren.
Von weitem vielleicht ja,
aus der Nähe aber nicht.

Ich sah sie vom Fenster aus,
und wer von oben schaut,
kann sich leicht irren.

Sie verschwand hinter der Glastür,
er setzte sich ans Steuer
und fuhr schnell davon.
Das heißt, nichts ist geschehen,
selbst wenn.

Und ich, nur einen Moment lang
sicher, was ich sah,
versuche jetzt in einem Gelegenheitsgedicht
euch, den Lesern, einzureden,
das sei traurig gewesen.

Die Höflichkeit der Blinden

Der Dichter liest Blinden Gedichte vor.
Er sah nicht voraus, daß das so schwer ist.
Seine Stimme zittert.
Seine Hände zittern.

Er spürt, daß hier jeder Satz,
auf die Probe der Dunkelheit gestellt,
sich selbst wird helfen müssen,
ohne Lichter und Farben.

Ein gefährliches Abenteuer
für die Sterne in seinen Gedichten,
das Morgenrot, den Regenbogen, die Wolken, das Neonlicht,
den Mond,
für den Fisch bislang so silbern unterm Wasser
und den Habicht so still, hoch am Himmel.

Er liest – weil es zu spät ist, nicht zu lesen –
vom Jungen in gelber Jacke auf grüner Wiese,
von den abzählbaren roten Dächern im Tal,
von den beweglichen Nummern auf den Hemden der Spieler
und der nackten Unbekannten in der angelehnten Tür.

Er würde gern verschweigen – obwohl das nicht geht –
diese Heiligen alle an der Decke der Kathedrale,
die Abschiedsgeste aus dem Eisenbahnfenster,
das Glas des Mikroskops und das Funkeln im Ring
und die Bildschirme und Spiegel und das Album mit den
Gesichtern.

Aber die Höflichkeit der Blinden ist groß,
groß ihre Hochherzigkeit und Nachsicht.
Sie hören zu, lächeln, und sie klatschen.

Einer von ihnen kommt sogar näher
mit einem verkehrt geöffneten Buch
und bittet um ein für ihn unsichtbares Autogramm.

Monolog eines ins Zeitgeschehen verwickelten Hundes

Es gibt Hunde und Hunde. Ich war ein auserwählter Hund.
Ich hatte gute Papiere und in den Adern Wolfsblut.
Ich wohnte auf einer Anhöhe und atmete Aussichten
auf Wiesen in der Sonne, Fichten nach dem Regen
und Erdklumpen unterm Schnee.

Ich hatte ein ordentliches Haus und Menschen als Bedienung.
Wurde ernährt, gewaschen und gebürstet,
auf schöne Spaziergänge ausgeführt.
Doch mit Respekt, ohne Vertraulichkeiten.
Jeder wußte genau, wessen Hund ich bin.

Jeder räudige Hund kann einen Herrn haben.
Aber Vorsicht – hütet euch vor Vergleichen.
Mein Herr war ein Herr besonderer Art.
Er hatte eine stattliche Herde, die ihm auf Schritt und Tritt
folgte
und in ängstlicher Bewunderung zu ihm aufsah.

Mich lächelte man an,
mit schlecht verstecktem Neid.
Denn nur ich hatte das Recht
ihn mit Luftsprüngen zu begrüßen,
nur ich – ihn mit den Zähnen an der Hose zu verabschieden.
Nur ich durfte,
den Kopf auf seinen Knien,
die Gunst des Streichelns und des Ohrenkraulens erfahren.
Nur ich durfte bei ihm so tun, als würde ich schlafen,
dann neigte er sich zu mir und flüsterte mir etwas zu.

Über andere ärgerte er sich oft und laut.
Er knurrte sie an, bellte,
lief von Wand zu Wand.
Ich denke, er mochte nur mich
und sonst niemanden, niemals.

Ich hatte auch Pflichten: warten, vertrauen.
Denn er tauchte kurz auf und verschwand für lange.
Was ihn dort aufhielt, in den Tälern, weiß ich nicht.
Ich ahnte, es waren dringende Angelegenheiten,
zumindest ebenso dringend
wie für mich mein Kampf mit den Katzen
und mit allem, was sich unnötig bewegt.

Es gibt Schicksal und Schicksal. Meins änderte sich rapid.
Es wurde irgendwie Frühling,
und er war nicht bei mir.
Im Haus brach eine seltsame Rennerei aus.
Kisten, Koffer, Kartons stopfte man auf Autos.
Quietschend rollten die Räder bergab
und verstummten nach der Kurve.

Auf der Terrasse brannte irgendein Gerümpel, Plunder,
gelbe Blusen, Armbinden mit schwarzen Abzeichen
und viele, sehr viele zerfetzte Kartons,
aus denen Fähnchen herausfielen.

Ich schlich durch dieses Chaos
mehr erstaunt als zornig.
Ich spürte unangenehme Blicke auf dem Fell.
Als wäre ich ein herrenloser Hund,
aufdringlich, zugelaufen,
den man schon an der Treppe mit dem Besen verjagt.

Jemand zerriß mein silberbeschlagenes Halsband.
Jemand trat gegen meine seit Tagen leere Schüssel.
Und dann lehnte sich ein letzter, bevor er weiterzog,
aus der Fahrerkabine
und schoß zweimal auf mich.

Nicht einmal richtig treffen konnte er,
denn ich starb lange und qualvoll
im Gesumm der unverschämten Fliegen.
Ich, Hund meines Herrn.

Interview mit Atropos

Frau Atropos?
Richtig, das bin ich.
Von den drei Töchtern der Notwendigkeit
haben Sie den schlechtesten Ruf.
Grobe Übertreibung, meine Dichterin.
Klotho spinnt den Lebensfaden,
doch dieser Faden ist dünn,
nicht schwer zu zerschneiden.
Lachesis bestimmt mit dem Stock seine Länge.
Das sind keine Unschuldslämmer.
Doch Sie haben die Schere in der Hand.
Weil sie da ist, benutze ich sie.
Ich sehe, daß sogar jetzt, während wir sprechen ...
Ich bin Workoholic, so ist meine Natur.
Fühlen Sie sich nicht müde, gelangweilt,
schläfrig, wenigstens nachts? Nein, wirklich nicht?
Ohne Urlaub, Weekend, Feiern der Feiertage,
oder wenigstens kleine Zigarettenpausen?
Ich wäre im Rückstand, und das mag ich nicht.
Unbegreiflicher Eifer.
Und nirgendwoher Beweise der Anerkennung,
keine Preise, Auszeichnungen, Pokale, Orden?
Nicht einmal gerahmte Diplome?
Wie beim Friseur? Besten Dank.
Hilft Ihnen jemand, wenn ja, wer?
Kein übles Paradox – ihr eben, die Sterblichen.
Diverse Diktatoren, viele Fanatiker.
Obwohl ich sie gar nicht antreibe.
Sie drängen selbst zur Tat.

Gewiß müssen Sie auch die Kriege freuen,
sie sind eine große Hilfe.
Freuen? Dieses Gefühl kenne ich nicht.
Und nicht ich rufe sie aus,
nicht ich bestimme ihren Verlauf.
Aber zugegeben: hauptsächlich dank ihrer
bin ich nicht im Verzug.
Tun Ihnen die zu kurz abgeschnittenen Fäden nicht leid?
Kürzer, länger –
das ist nur für euch ein Unterschied.
Und wenn ein Stärkerer Sie loswerden wollte
und versuchte, Sie in den Ruhestand zu schicken?
Das habe ich nicht verstanden. Drücke dich klarer aus.
Ich frage Sie anders: haben Sie einen Vorgesetzten?
… Die nächste Frage, bitte.
Hab keine mehr.
Dann leben Sie wohl.
Obwohl, genaugenommen …
Ich weiß, ich weiß. Auf Wiedersehen.

Schrecklicher Traum eines Dichters

Stell dir vor, was ich geträumt habe.
Scheinbar alles genau wie bei uns.
Boden unter den Füßen, Wasser, Feuer, Luft,
Vertikale, Horizontale, Dreieck, Kreis,
linke und rechte Seite.
Das Wetter erträglich, die Landschaft nicht schlecht
und eine Menge mit Sprache begabter Wesen.
Doch ihre Sprache anders als auf der Erde.

In den Sätzen herrscht die Wirklichkeitsform.
Die Namen decken sich exakt mit den Dingen.
Nichts hinzuzufügen, nichts wegzunehmen, zu ändern
oder umzustellen.

Die Zeit ist immer die auf der Uhr.
Vergangenheit und Zukunft haben engen Spielraum.
Für Erinnerungen eine einzige vergangene Sekunde,
für Vorhersagen eine zweite,
die soeben beginnt.

Worte – nur die nötigsten. Nie eins zuviel,
und das bedeutet – keine Poesie,
keine Philosophie und keine Religion.
Solcher Unfug kommt dort nicht in Frage.

Nichts, was man sich nur vorstellen
oder mit geschlossenen Augen sehen kann.

Wenn man sucht, dann das, was auf der Hand liegt.
Wenn man fragt, dann danach, worauf es eine Antwort gibt.

Sie würden sich sehr wundern,
wenn sie sich wundern könnten,
daß es irgendwo Gründe zum Wundern gibt.

Das Stichwort »Unruhe« gilt bei ihnen als obszön,
es hätte nicht den Mut, sich im Wörterbuch zu finden.

Die Welt erscheint klar
selbst bei tiefster Dunkelheit.

Sie wird jedem gewährt, zu erschwinglichem Preis.
Niemand verlangt an der Kasse den Rest.

Aus Gefühlen: Befriedigung. Und nichts in Klammern.
Leben mit einem Punkt am Ende. Und das Dröhnen
der Galaxien.

Gib zu, etwas Schlimmeres
kann dem Dichter nicht passieren.
Und dann nichts Besseres
als schnell aufzuwachen.

Labyrinth

– und jetzt ein paar Schritte
von Wand zu Wand,
dieses Treppchen hinauf,
oder jenes hinab,
und dann etwas nach links,
wenn nicht nach rechts,
von der Mauer in der Tiefe der Mauer
bis zur siebten Schwelle,
woher auch immer, wohin auch immer,
bis zur Kreuzung,
wo sie zusammenlaufen,
um auseinanderzulaufen
deine Hoffnungen, Irrtümer, Mißerfolge,
Versuche, Absichten und neue Hoffnungen.

Weg für Weg
aber ohne Umkehr.
Zugänglich nur das,
was du vor dir hast,
und dort, wie zum Trost,
Biegung um Biegung,
Staunen um Staunen,
Aussicht auf Aussicht.
Du kannst wählen,
wo du sein oder nicht sein willst,
was überspringen, was umgehen,
beileibe nicht übersehen.

Also hierhin oder hierhin,
es sei denn dorthin,
dem Gefühl, der Ahnung,

dem Verstand nach, quer,
aufs Geratewohl,
auf die wirren Abkürzungen zu.
Der Reihe nach die Reihen
der Korridore, der Tore,
schnell, denn in der Zeit
hast du wenig Zeit,
von Ort zu Ort
zu den vielen noch offenen,
wo Dunkel und Zwiespalt,
aber auch Durchblick, Entzücken,
wo Freude, wenn auch Unfreude
beinah daneben,
und anderswo, da und dort,
irgendwo und wo immer
Glück im Unglück
wie eine Klammer in der Klammer,
und einverstanden mit allem,
und plötzlich ein Bergsturz,
ein Bergsturz, aber auch ein Steg,
ein Steg, aber schwankend,
schwankend, aber der einzige,
denn einen zweiten gibt es nicht.

Von hier aus müßte irgendwo der Ausgang sein,
das ist mehr als sicher.
Aber nicht du suchst ihn,
er sucht dich,
er ist von Anfang an
auf der Jagd nach dir,
und dieses Labyrinth
ist nichts anderes als nur,
als nur deine, solange deine,
Flucht, Flucht –

Unaufmerksamkeit

Gestern betrug ich mich schlecht im Kosmos.
Den ganzen Tag lebte ich, ohne zu fragen,
ohne mich über etwas zu wundern.

Ich verrichtete die alltäglichen Dinge,
als wäre das alles, was ich zu tun habe.

Einatmen, Ausatmen, Schritt für Schritt, Pflichten,
aber ohne einen Gedanken, der weiter reichte
als zum Verlassen des Hauses und zur Rückkehr.

Die Welt hätte als verrückte Welt wahrgenommen werden können,
aber ich nahm sie nur für den täglichen Bedarf.

Weder »wie« noch »warum«,
woher sie eigentlich kommt
und wozu sie so viele lebhafte Details braucht.

Ich war wie ein zu flach in die Wand geschlagener Nagel
oder
(hier ein Vergleich, der mir fehlte).

Eine Veränderung nach der anderen vollzog sich
selbst im beschränkten Feld eines Augenblicks.

Am jüngeren Tisch, mit der um einen Tag jüngeren Hand,
wurde das gestrige Brot anders geschnitten.

Die Wolken wie nie und der Regen wie nie,
fiel er doch in anderen Tropfen.

Die Erde drehte sich um ihre Achse,
aber in einem jetzt für immer verlassenen Raum.

Das dauerte gut vierundzwanzig Stunden.
1440 Minuten Gelegenheit.
86 400 Sekunden zur Einsicht.

Das kosmische Savoir-vivre –
wenn es auch über uns schweigt,
so verlangt es doch etwas von uns:
ein wenig Aufmerksamkeit, ein paar Sätze Pascal
und unsere verwunderte Teilnahme an diesem Spiel
mit unbekannten Regeln.

Griechische Statue

Mit Hilfe der Menschen und anderer Elemente
hat die Zeit sich schwer an ihr abgearbeitet.
Sie raubte ihr die Nase, dann die Genitalien,
nacheinander die Finger und Zehen,
mit den Jahren die Arme, einen nach dem anderen,
den rechten Schenkel, den linken Schenkel,
Rücken und Hüfte, Kopf und Hintern,
und was abgefallen war, schlug sie in Stücke,
zu Schutt, zu Kies, zu Sand.

Wenn ein Lebender auf diese Art umkommt,
fließt mit jedem Schlag viel Blut.

Doch Marmorstatuen sterben weiß
und nicht immer restlos.

Von der, die ich meine, gibt es nur noch den Torso,
ein angestrengt angehaltener Atem,
denn er muß jetzt
die ganze Anmut und Würde
der verlorenen Teile
auf sich
ziehen.

Und das gelingt ihm,
noch gelingt es ihm,
es gelingt, er begeistert,
er begeistert und bleibt –

auch hier verdient die Zeit lobende Erwähnung,
denn sie hat ihre Arbeit unterbrochen
und einen Teil auf später verschoben.

Eigentlich könnte jedes Gedicht

Eigentlich könnte jedes Gedicht
den Titel »Augenblick« tragen.

Es genügt eine Phrase
im Präsens,
im Perfekt oder gar Futur;

es genügt, daß was auch immer
von Worten getragen
raschelt, aufblitzt,
vorbeifliegt, vorüberzieht
oder auch die vermeintliche
Unveränderlichkeit bewahrt,
aber mit beweglichem Schatten;

es genügt, daß die Rede ist
von jemandem neben jemandem
oder jemandem neben etwas;

von Hans und Lotte, die in die Schule
gehen oder auch nicht mehr;

oder von anderen Lotten,
Schulen, nicht Schulen
aus anderen Fibeln,
die der Wind durchblättert;

es genügt, wenn in Sichtweite
provisorische Berge angebracht sind
und unbeständige Täler;

wenn der Autor bei dieser Gelegenheit
den Himmel erwähnt,
der nur scheinbar ewig ist und stabil;

wenn unter der schreibenden Hand
auch nur ein einziges Ding erscheint,
das jemandem gehört;

wenn schwarz auf weiß,
oder auch nur als Vermutung,
aus wichtigem oder banalem Grund
Fragezeichen gesetzt werden
und als Antwort –
ein Doppelpunkt:

II Glückliche Liebe

Glückliche Liebe

Glückliche Liebe. Ist das normal,
ernst zu nehmen, ist das nützlich –
was hat die Welt von zwei Menschen,
die die Welt nicht sehen?

Zueinander erhoben ohne jedes Verdienst,
die ersten besten von Millionen, aber überzeugt,
daß es so kommen mußte – als Belohnung wofür? Für nichts;
das Licht fällt von nirgendwo –
warum gerade auf sie und nicht andere?
Beleidigt das die Gerechtigkeit? Ja.
Verletzt es die sorgsam angehäuften Prinzipien,
stößt es die Moral vom Sockel? Ja, das tut es.

Schaut euch diese Glücklichen an:
würden sie sich wenigstens ein bißchen verstellen,
Bedrücktheit heucheln, um die Freunde aufzumuntern!
Hört, wie sie lachen – geradezu kränkend.
Welche Sprache sie sprechen – scheinbar verständlich.
Doch diese Zeremonien, dieses Getue,
die extravaganten Pflichten einander gegenüber –
eine Verschwörung hinter dem Rücken der Menschheit!

Schwer zu sagen, wozu es führte,
wenn sich ihr Beispiel nachahmen ließe.
Womit Religion und Poesie rechnen könnten,
woran man sich erinnern, was man unterlassen würde,
wer dabei bleiben wollte.

Glückliche Liebe. Muß das sein?
Takt und Vernunft raten, sie zu verschweigen
wie einen Skandal aus den höheren Lebenssphären.
Prächtige Kinder werden ohne sie geboren.
Die Erde könnte sie niemals bevölkern,
sie kommt schließlich selten vor.

Sollen doch Menschen, die sie nicht kennen,
behaupten, es gebe keine glückliche Liebe.

Mit diesem Glauben leben und sterben sie leichter.

Wenn

Wenn Dinge sprechen könnten –
aber wenn sie sprechen könnten, könnten sie auch lügen.
Vor allem die gewöhnlichen, wenig geschätzten,
um endlich Aufmerksamkeit auf sich zu ziehen.
Grauenhaft sich vorzustellen,
was mir dein abgerissener Knopf sagen würde,
und dir – mein Wohnungsschlüssel,
der alte Schwätzer.

III Hier

Hier

Ich weiß nicht, wie es sonstwo ist,
aber hier auf der Erde gibt's von allem recht viel.
Hier produziert man Stühle und Wehmut,
Scheren, Geigen, Zärtlichkeit, Transistoren,
Staudämme, Scherze, Tassen.

Vielleicht gibt's anderswo mehr von allem,
nur fehlt's wer weiß warum an Gemälden,
Bildröhren, Piroggen, Tränentüchern.

Hier gibt's eine Unmenge Orte mit Umgebung.
Manche gewinnt man besonders lieb,
gibt ihnen vertraute Namen,
schützt sie vor dem Bösen.

Vielleicht gibt's anderswo ähnliche Orte,
doch niemand findet sie schön.

Vielleicht hat man wie nirgends oder nur selten
einen eigenen Rumpf hier
und damit das nötige Zubehör,
um fremden Kindern eigene hinzuzufügen.
Außerdem Arme, Beine und den erstaunten Kopf.

Die Unwissenheit ist überarbeitet hier,
ständig zählt sie, vergleicht und mißt,
zieht daraus Schlüsse und Wurzeln.

Ich weiß, ich weiß, was du denkst.
Nichts ist von Dauer hier,

weil schon ewig auf ewig die Elemente herrschen.
Aber schau – die Elemente ermüden leicht
und müssen manchmal lange ausruhen
bis zum nächsten Mal.

Und ich weiß, was du noch denkst.
Kriege, Kriege, Kriege.
Doch auch zwischen ihnen gibt's Pausen.
Habt acht – die Menschen sind schlecht.
Rührt euch – die Menschen sind gut.
Bei habt acht entstehen Einöden.
Bei rührt euch baut man im Schweiße des Angesichts Häuser
und wohnt rasch in ihnen.

Das Leben auf der Erde kommt recht billig.
Für Träume zum Beispiel zahlst du keinen Groschen.
Für Illusionen – erst wenn sie verloren sind.
Für den Besitz des Körpers – nur mit dem Körper.

Und als sei das nicht genug,
kreist du ohne Fahrschein im Karussell der Planeten
und damit als Schwarzfahrer in den Galaxien
durch so schwindelerregende Zeiten,
daß hier auf der Erde sich nichts auch nur rührt.

Denn sieh nur genau hin:
der Tisch steht, wo er stand,
auf dem Tisch liegt, wie zuvor, der Zettel,
durchs angelehnte Fenster kommt nur ein Lufthauch,
und in den Wänden klafft kein schrecklicher Riß,
durch den es dich ins Nirgendwo wehen könnte.

Gedanken, die mich auf belebten Straßen heimsuchen

Gesichter.
Milliarden von Gesichtern auf der Erdoberfläche.
Angeblich alle verschieden
von denen, die gewesen sind und sein werden.
Aber die Natur – wer weiß das schon –
ist vielleicht müde von der permanenten Arbeit,
wiederholt ihre früheren Einfälle
und setzt uns Gesichter auf,
die schon getragen wurden.

Vielleicht geht Archimedes an dir vorbei, in Jeans,
Katharina die Große in reduzierten Klamotten,
einer der Pharaonen mit Mappe und Brille.

Die Witwe eines barfüßigen Schneiders
aus dem noch kleinen Warschau,
ein Meister der Höhle von Altamira
mit den Enkeln zum Zoo,
ein zotteliger Vandale auf dem Weg ins Museum,
ein bißchen Begeisterung zeigen.

Welche, die gefallen sind vor zwanzigtausend Jahren,
vor fünfhundert,
vor fünfzig.

Jemand in der goldenen Kutsche,
jemand im Todeswaggon.

Montezuma, Konfuzius, Nebukadnezar,
ihre Kinderfrauen, ihre Wäscherinnen und Semiramis,
die nur englisch spricht.

Milliarden von Gesichtern auf der Erdoberfläche.
Dein Gesicht, mein Gesicht, wessen –
wirst du nie erfahren.
Vielleicht muß die Natur ja betrügen,
und um nachzukommen, beginnt sie
herauszufischen, was im Spiegel
des Vergessens versunken liegt.

Einfall

Mir ist ein Einfall gekommen
für ein Gedichtchen? Ein Gedicht?
Gut, sag ich, bleib da, laß uns plaudern.
Du mußt mir mehr über dich erzählen.
        Und er flüstert mir ein paar Worte ins Ohr.
Ach, darum geht's, sage ich, interessant.
Das liegt mir schon lange am Herzen.
Aber ein Gedicht darüber? Nein, bestimmt nicht.
        Und er flüstert mir ein paar Worte ins Ohr.
Das scheint dir nur so, antworte ich,
du überschätzt meine Kräfte und Fähigkeiten.
Ich wüßte gar nicht, womit ich anfangen sollte.
        Und er flüstert mir ein paar Worte ins Ohr.
Du täuschst dich, sage ich, ein kurzes, bündiges Gedicht
ist viel schwerer zu schreiben als ein langes.
Wenn du mich quälst und bedrängst, wird es bestimmt nichts.
        Und er flüstert mir ein paar Worte ins Ohr.
In Ordnung, ich versuch's, wenn du drauf bestehst.
Aber ich warne dich jetzt schon, was das werden wird.
Ich schreibe, zerreiße es und werf's in den Müll.
        Und er flüstert mir ein paar Worte ins Ohr.
Du hast recht, sage ich, schließlich gibt es andere Dichter.
Manche werden das besser machen als ich.
Ich kann dir die Namen und Adressen geben.
        Und er flüstert mir ein paar Worte ins Ohr.
Ja, klar werde ich neidisch auf sie sein.
Wir neiden uns sogar schlechte Gedichte.
Und dieses sollte … müßte wohl …
        Und er flüstert mir ein paar Worte ins Ohr.
Ja, genau die Eigenschaften haben, die du aufzählst.

Also wechseln wir lieber das Thema.
Trinkst du Kaffee?

Und er seufzte nur.

Machte sich auf.

Und verschwand.

Teenager

Ich – als Teenager?
Wenn sie plötzlich, hier, jetzt, vor mir stünde,
müßte ich sie dann als vertraute Person begrüßen,
obwohl sie mir fremd und fern ist?

Eine Träne vergießen, ein Küßchen auf die Stirn
allein aus dem Grund,
daß wir dasselbe Geburtsdatum haben?

Es gibt soviel Unähnlichkeiten zwischen uns,
daß wohl nur die Knochen gleich sind,
die Schädelwölbung, die Augenhöhlen.

Denn schon ihre Augen sind etwas größer,
die Wimpern länger, sie ist höher gewachsen
und der ganze Körper eng überzogen
mit glatter Haut, makellos.

Uns verbinden zwar Verwandte, Bekannte,
doch in ihrer Welt leben fast alle,
und in meiner kaum jemand
aus dem gemeinsamen Kreis.

Wir unterscheiden uns gewaltig,
denken und reden völlig unterschiedlich.
Sie weiß wenig –
dafür mit übertriebener Sturheit.
Ich weiß viel mehr –
dafür nicht mit Sicherheit.

Sie zeigt mir Gedichte
in einer sorgfältigen, deutlichen Schrift,
in der ich schon seit Jahren nicht mehr schreibe.

Ich lese die Gedichte, ja, ich lese.
Na, vielleicht dies eine,
wenn man es kürzen
und an einigen Stellen korrigieren würde.
Der Rest verheißt nichts Gutes.

Das Gespräch will nicht so recht.
Auf ihrer mickrigen Uhr
schwankt die Zeit und ist noch billig.
Auf meiner ist sie viel teurer und ganz genau.

Zum Abschied nichts, ein banales Lächeln
und keinerlei Rührung.

Erst als sie verschwindet
und in der Eile ihren Schal vergißt.

Einen Schal aus echter Wolle,
mit farbigen Streifen,
von unserer Mutter
für sie gehäkelt.

Ich habe ihn immer noch.

Nicht leicht mit der Erinnerung

Ich bin meiner Erinnerung ein schlechtes Publikum.
Sie will, daß ich ständig auf ihre Stimme höre,
doch ich zapple herum, räuspere mich,
höre und höre nicht,
gehe, komme zurück und gehe wieder.

Sie will meine ganze Aufmerksamkeit und Zeit.
Wenn ich schlafe, fällt ihr das leicht.
Am Tage – nicht immer, und das nimmt sie übel.

Eifrig schiebt sie mir alte Briefe und Fotos zu,
berührt wichtige und unwichtige Ereignisse,
lenkt den Blick auf übersehene Aussichten,
bevölkert sie mit meinen Toten.

In ihren Erzählungen bin ich immer jünger.
Das ist nett, aber wozu permanent dieses Thema.
Jeder Spiegel hat für mich andere Nachrichten.

Wenn ich die Achseln zucke, wird sie zornig.
Rachsüchtig kramt sie all meine Fehler hervor,
die schweren, dann die schnell vergessenen.
Sie schaut mir in die Augen, wartet, was ich dazu sage.
Schließlich tröstet sie, es könnte schlimmer sein.

Sie will, daß ich nur noch für sie und mit ihr lebe.
Am besten im dunklen, verschlossenen Zimmer,
doch ich habe die heutige Sonne im Sinn,
die laufenden Wolken, die aktuellen Wege.

Manchmal habe ich ihre Gesellschaft satt.
Ich schlage die Trennung vor. Von jetzt an für immer.
Dann lächelt sie mitleidig, denn sie weiß,
das wäre auch für mich das Urteil.

Mikrokosmos

Als man durchs Mikroskop zu schauen begann,
wehte ein Schauer, und er weht bis heute.
Schon bis dahin war das Leben verrückt genug
in seinen Dimensionen und Formen.
Folglich brachte es auch winzige Wesen hervor,
irgendwelche Mücken, Würmer,
aber mit dem bloßen menschlichen Auge
wenigstens noch zu sehen.

Und hier plötzlich, unter Glas,
etwas geradezu übertrieben anderes
und derart unscheinbar,
daß man das, was es im Raum einnimmt,
nur aus Mitleid Platz nennen kann.

Das Glas scheint sie nicht einmal zu kratzen,
ungehindert überschlagen, zerreißen sie sich förmlich,
ganz locker und aufs Geratewohl.
Zu sagen, sie seien viele, ist zuwenig gesagt.
Je stärker das Mikroskop,
desto eifriger und genauer vielfach.

Nicht einmal ordentliche Eingeweide haben sie.
Wissen nicht, was das ist – Geschlecht, Kindheit, Alter.
Vielleicht wissen sie nicht mal, ob es sie gibt oder nicht.
Und dennoch entscheiden sie über Leben und Tod.

Manche erstarren momentan reglos,
obwohl man nicht weiß, was ein Moment für sie ist.
Da sie so klein sind,

ist vielleicht auch das Sein
für sie entsprechend verkleinert.

Ein Staubkorn im Wind ist bei ihnen ein Meteor
tief aus dem Kosmos,
und ein Fingerabdruck – ein weites Labyrinth,
wo sie sich versammeln können
zu ihren tauben Paraden,
ihren blinden Iliaden und Upanischaden.

Seit langem will ich über sie schreiben,
aber ich verschiebe es ständig,
das Thema ist schwierig
und hätte einen besseren Dichter verdient,
der noch mehr als ich über die Welt staunt.
Aber die Zeit drängt. Ich schreibe.

Kammerlinge

Nun ja, zum Beispiel diese Kammerlinge.
Sie lebten hier, denn es gab sie, und es gab sie, denn sie lebten.
So gut sie konnten, da sie konnten, so gut sie vermochten.
In der Mehrzahl, denn in der Mehrzahl,
wenn auch jeder für sich,
in der eigenen, denn der eigenen
Schale aus Kalk.
In Schichten, denn in Schichten
hat die Zeit sie später zusammengefaßt,
ohne ins Detail zu gehen,
denn im Detail steckt Mitleid.
Also habe ich vor mir
zwei Ansichten in einer:
den jämmerlichen Friedhof
der ewigen Ruhe
oder
phantastische, aus dem Meer,
dem azurblauen Meer ragende weiße Felsen,
Felsen, die hier sind, weil sie sind.

Vor der Reise

Man nennt ihn: Raum.
Ihn mit einem Wort zu definieren ist leicht,
weit schwieriger, mit vielen.

Leer und zugleich voll von allem?
Dicht verschlossen, wenn auch offen,
da nichts
ihm entwischen kann?
Aufgebläht ins Unendliche?
Denn wenn er ein Ende hat,
woran, zum Teufel, grenzt er?

Nun gut, schon gut. Schlaf jetzt ein.
Es ist Nacht, und morgen gibt es Dringenderes,
genau auf dich zugeschnitten:
Gegenstände berühren, die nahe liegen,
Blicke werfen auf die angestrebte Entfernung,
Stimmen hören, die dem Ohr zugänglich sind.

Ja, und dann noch die Reise von A nach B.
Beginn 12.40 Ortszeit
und Flug über den Ballen der hiesigen Wolken,
auf einem winzigen Streifen Himmel,
einem unendlich beliebigen.

Scheidung

Für die Kinder der erste Weltuntergang im Leben.
Für die Katze ein neues Herrchen.
Für den Hund ein neues Frauchen.
Für die Möbel Treppen, Krach, rauf und runter.
Für die Wände helle Quadrate von den abgenommenen Bildern.
Für die Nachbarn unten ein Thema, das die Langeweile zerstreut.
Für's Auto wär's besser, wenn es zwei davon gäbe.
Für den Roman, das Gedicht – in Ordnung, nimm, was du willst.
Schlechter sieht's aus mit Enzyklopädie und Videoanlage,
ja, und mit dem Handbuch für Rechtschreibung,
wo wahrscheinlich Hinweise sind auf zwei Namen –
soll man sie noch mit der Konjunktion »und« verbinden
oder schon mit einem Punkt trennen.

Attentäter

Tagelang planen sie,
wie töten, um zu töten,
und wie viele töten, um viele zu töten.
Im übrigen essen sie mit Appetit,
beten, waschen die Füße, füttern die Vögel,
kratzen sich unterm Arm beim Telefonieren,
stillen das Blut, wenn sie sich am Finger verletzen,
wenn sie Frauen sind, kaufen sie Binden,
Lidschatten, Schnittblumen,
alle scherzen ein wenig, wenn sie in Stimmung sind,
trinken Fruchtsäfte aus dem Kühlschrank,
abends betrachten sie den Mond und die Sterne,
setzen Kopfhörer auf mit leiser Musik
und schlafen genüßlich bis zum Morgengrauen
– es sei denn, was sie planen, soll in der Nacht geschehen.

Beispiel

Ein Sturm
riß des Nachts alle Blätter vom Baum
bis auf ein Blättchen,
das er übrigließ,
damit es solo am kahlen Zweig schaukeln kann.

An diesem Beispiel
demonstriert die Gewalt,
daß sie durchaus
bisweilen zu scherzen beliebt.

Identifikation

Gut, daß du gekommen bist, sagt sie.
Hast du gehört, am Donnerstag ist ein Flugzeug abgestürzt?
Ja, eben deswegen
sind sie zu mir gekommen.
Angeblich war er auf der Passagierliste.
Na und, er kann es sich anders überlegt haben.
Sie gaben mir eine Tablette, daß ich nicht umkippe.
Dann zeigten sie mir einen, ich weiß nicht wen.
Ganz schwarz, verbrannt, bis auf eine Hand.
Ein Fetzen Hemd, Uhr und Ring.
Ich wurde zornig, denn das war er bestimmt nicht.
Das würde er mir nie antun, so auszusehen.
Und solche Hemden gibt's massenhaft zu kaufen.
Und die Uhr – eine ganz normale Uhr.
Und unsere Vornamen auf seinem Ring
sind ganz geläufige Namen.
Gut, daß du gekommen bist. Setz dich zu mir.
Er hätte wirklich am Donnerstag kommen sollen.
Aber Donnerstage gibt's noch viele dies Jahr.
Gleich setz ich Teewasser auf.
Ich wasch mir die Haare, und dann, was dann,
ich versuche zu mir zu kommen.
Gut, daß du da bist, es war kalt dort,
und er nur in diesem Gummischlafsack,
er, das heißt, dieser unglückliche Mensch.
Gleich setz ich den Donnerstag auf, wasche den Tee,
unsere Vornamen sind doch ganz geläufig –

Nichtlesen

Zu Prousts Werk
geben sie keine Fernbedienung mit,
man kann nicht umschalten
auf ein Fußballspiel
oder ein Quiz mit einem Volvo als Gewinn.

Wir leben länger,
aber ungenauer
und in kürzeren Sätzen.

Wir reisen schneller, öfter, weiter,
und statt Erinnerungen bringen wir Fotos mit.
Hier bin ich mit einem Typ.
Das dort ist glaub ich mein Ex.
Hier sind alle nackt,
also bestimmt am Strand.

Sieben Bände – Erbarmen!
Hätte man das nicht kürzen, zusammenfassen können,
oder am besten in Bildern zeigen.
Es gab mal eine Serie mit dem Titel »Die Puppe«,
aber die Schwägerin sagt, das war ein anderer mit P.

Übrigens, was ist das überhaupt für einer.
Angeblich hat er im Bett geschrieben, über Jahre.
Blatt für Blatt,
mit mäßiger Geschwindigkeit.
Und wir im fünften Gang
und – toi toi toi – gesund.

Porträt aus dem Gedächtnis

Scheinbar stimmt alles.
Kopfform, Gesichtszüge, Größe, Figur.
Und doch keine Ähnlichkeit.
Vielleicht nicht in dieser Pose?
Ein anderes Kolorit?
Vielleicht mehr im Profil,
als würde er sich nach etwas umsehen?
Wenn er was in der Hand hätte?
Ein Buch von sich? Ein fremdes?
Karte? Fernglas? Angelrute?
Sollte er was anderes anhaben?
Die Uniform vom September? Die Häftlingskluft?
Die Windjacke aus dem Schrank dort?
Oder – auf dem Weg zum anderen Ufer –
bis zu den Knöcheln, Knien, bis zur Hüfte, zum Hals
schon eingetaucht? Nackt?
Vielleicht einen Hintergrund dazu malen?
Zum Beispiel eine Wiese, noch nicht gemäht?
Schilf? Birken? Einen schönen Wolkenhimmel?
Kann es sein, daß neben ihm jemand fehlt?
Mit wem hat er denn gestritten? Gescherzt?
Karten gespielt? Etwas getrunken?
Jemand von der Familie? Den Freunden?
Ein paar Frauen? Eine?
Vielleicht sollte er am Fenster stehen?
Aus dem Tor kommen?
Mit einem zugelaufenen Hund?
In einer solidarischen Menschenmenge?
Nein, nein, das ist nichts.
Er sollte allein sein,

wie es sich für manche gehört.
Und wohl nicht so vertraulich, so aus der Nähe?
Weiter weg? Noch weiter?
Ganz, ganz hinten im Bild?
Von wo seine Stimme, selbst wenn er riefe,
nicht zu hören wäre?
Und was im Vordergrund?
Ach, was auch immer.
Und nur unter der Bedingung, daß es ein Vogel ist,
der eben vorbeifliegt.

Träume

Wider das Wissen und die Lehren der Geologen,
ihrer Magneten, Kurven und Karten spottend –
der Traum türmt im Bruchteil einer Sekunde
Berge vor uns auf, so steinern,
als stünden sie in Wirklichkeit.

Und wenn schon Berge, dann auch Täler, Ebenen
mit der gesamten Infrastruktur.
Ohne Ingenieure, Meister, Arbeiter,
ohne Bagger, Bulldozer, ohne Baumaterial –
gewaltige Autobahnen, jähe Brücken,
sofortige Städte, dicht bevölkert.

Ohne Regisseure mit Megaphon, ohne Kameraleute –
Menschenmengen, die genau wissen, wann sie uns erschrecken
und in welchem Moment sie verschwinden sollen.

Ohne in ihrem Fach bewanderte Architekten,
ohne Zimmerleute, Maurer, Betonierer –
mit einemmal ein Häuschen wie ein Spielzeug,
darin riesige Säle mit dem Echo unserer Schritte
und Wände, gefertigt aus harter Luft.

Nicht nur mit Schwung, auch mit Präzision –
eine einzelne Uhr, eine vollständige Fliege,
auf dem Tisch eine Decke, mit Blumen bestickt,
ein angebissener Apfel mit dem Abdruck der Zähne.

Und wir – was Zirkuskünstler, Zauberer nicht vermögen,
noch Wundertäter oder Hypnotiseure –

wir können ungefiedert fliegen,
leuchten in schwarzen Tunneln mit den Augen,
reden fließend in fremden Sprachen,
und nicht mit irgendwem, sondern mit Toten.
Und noch dazu, wider unsere Freiheit,
unsere Neigungen und die Wahl unseres Herzens,
verlieren wir uns
in Liebesverlangen nach –
bis der Wecker klingelt.

Was sagen dazu die Traumbuchautoren,
die Erforscher von Prophezeiungen und Symbolen,
die Ärzte an der psychoanalytischen Couch –
wenn für sie etwas stimmt,
dann nur zufällig
und nur aus dem Grund,
daß in unseren Träumen,
in ihrer Lichte und Dichte,
ihren unendlichen Weiten, Unvorhersehbarkeiten,
ihren Verwerfungen und Entnervungen
manchmal sogar ein faßbarer Sinn
aufscheinen kann.

In der Kutsche

Meine Phantasie ließ mich diese Reise unternehmen.
Auf dem Dach der Kutsche durchnäßte Schachteln und
Päckchen.

Drinnen Enge, Lärm und Mief.
Da ist die Haushälterin, dick und verschwitzt.
Der Jäger in Pfeifenrauch und mit totem Hasen,
L'abbé, schnarchend, ein Fläschchen Wein im Arm,
die Kinderfrau mit dem Säugling, der ist rot vom Schreien,
der beschwipste Kaufmann mit dem hartnäckigen Schluckauf,
die Dame, gereizt aus all diesen Gründen,
zudem ein Junge mit Trompete,
ein großer Hund voller Flöhe
sowie ein Papagei im Käfig.

Und noch jemand, dessentwegen ich soeben einstieg,
kaum zu sehen zwischen den Bündeln der anderen,
aber da ist er – und heißt Juliusz Słowacki.

Besonders gesprächig scheint er nicht.
Liest einen Brief aus einem zerknitterten Umschlag,
einen sicher schon oft gelesenen Brief,
denn die Blätter sind etwas zerdrückt am Rand.
Als ein getrocknetes Veilchen herausfällt,
ach! – seufzen wir beide und fangen es im Flug.

Ein guter Moment wohl, um ihm zu sagen,
was ich mir schon lange zurechtgelegt habe.
Verzeihen Sie, aber es ist dringend und wichtig.
Ich komme aus der Zukunft und weiß, wie's dort ist.
Für Ihre Gedichte zärtliche Bewunderung, immer,
und für Sie – ein Platz auf dem Wawel, den Königen gleich.

Leider hat die Phantasie nicht soviel Kraft,
daß er mich hören könnte oder zumindest sehen.
Nicht einmal, daß ich ihn am Ärmel ziehe, spürt er.
Ruhig legt er das Veilchen zwischen die Blätter
und die Blätter ins Kuvert, danach in den Koffer,
sieht eine Weile durch das tränende Fenster,
steht schließlich auf, knöpft den Mantel, huscht zur Tür,
nun ja – und steigt aus an der nächsten Station.

Noch ein paar Minuten verliere ich ihn nicht aus den Augen.
So klein sieht er aus mit seinem Köfferchen,
geht vor sich hin, den Kopf gesenkt,
wie jemand, der weiß,
daß ihn hier niemand erwartet.

Jetzt sind im Blickfeld nur noch Statisten.
Eine große Familie unter Regenschirmen,
ein Korporal mit Pfeife, dahinter Rekruten außer Atem,
ein Fuhrwerk voller Ferkel
und zwei Zugpferde zum Wechseln.

Ella im Himmel

Sie betete zu Gott,
betete inständig,
er möge aus ihr
ein glückliches weißes Mädchen machen.
Und wenn es schon zu spät ist für diese Veränderung,
dann, lieber Gott, schau wenigstens, wieviel ich wiege
und nimm mir mindestens die Hälfte weg.
Aber der gnädige Gott sagte nein.
Er legte ihr nur die Hand aufs Herz,
sah ihr in die Kehle, strich ihr über den Kopf.
Und wenn alles vorbei ist, sagte er,
machst du mir die Freude und kommst zu mir,
mein schwarzer Schatz, du singender Klotz.

Vermeer

Solange diese Frau aus dem Rijksmuseum
in der gemalten Stille und Andacht
Tag für Tag Milch
aus dem Krug in die Schüssel gießt,
verdient die Welt
keinen Weltuntergang.

Metaphysik

Gewesen, vergangen.
Gewesen, also vergangen.
Immer in dieser Reihenfolge,
denn so ist die Regel des verlorenen Spiels.
Der Schluß banal, der Beschreibung nicht wert,
wäre nicht die unstrittige Tatsache,
Tatsache für alle Ewigkeit,
für den ganzen Kosmos, der ist und sein wird,
daß etwas wirklich gewesen,
bevor es vergangen ist,
sogar der Umstand,
daß du heute Klöße mit Grieben gegessen hast.

IV Es ist genug

Jemand, den ich seit einiger Zeit beobachte

Er kommt nicht haufenweise.
Versammelt sich nicht in Scharen.
Nimmt nicht massenhaft teil.
Feiert nicht rauschend.

Er bringt aus sich
keine Chorstimme hervor.
Verkündet nicht allseits.
Behauptet nicht im Namen.
Nicht in seiner Anwesenheit
die Ausfragerei –
wer ist für, wer dagegen,
danke, ich sehe keinen.

Sein Kopf fehlt,
wo Kopf an Kopf,
wo Schritt für Schritt, Schulter an Schulter
vorwärts zum Ziel
mit Flugblättern in der Tasche
und dem Hopfenprodukt aus der Flasche.

Wo's nur am Anfang
himmlisch idyllisch ist,
weil bald ein Reich
mit dem andern sich mischt
und keiner mehr weiß,
von wem, ach, von wem
Steine und Blumen,
Jubel und Schläge kommen.

Unerwähnt.
Unspektakulär.
In der Stadtreinigung angestellt.
Im Morgengrauen,
an dem Ort, wo es stattfand,
sammelt er, trägt weg, wirft in den Anhänger,
was angenagelt an halbtote Bäume,
was plattgetreten im geplagten Gras.

Zerrissene Transparente,
zerschlagenes Glas,
verbrannte Puppen,
abgenagte Knochen,
Rosenkränze, Trillerpfeifen und Präservative.

Einmal fand er im Gebüsch einen Taubenkäfig.
Er nahm ihn mit
und hat ihn behalten,
damit er leer bleibt.

Bekenntnisse einer lesenden Maschine

Ich, Nummer Drei Plus Vier Geteilt Durch Sieben,
bin berühmt für mein umfassendes linguistisches Wissen.
Ich habe schon Tausende von Sprachen identifiziert,
deren sich im Laufe ihrer Geschichte
die ausgestorbenen Menschen bedienten.

Alles, was sie mit ihren Zeichen aufgeschrieben haben,
wenn auch von Katastrophen verschüttet,
ziehe ich heraus
und rekonstruiere die ursprüngliche Form.

Das ist nicht geprahlt –
sogar die Lava lese ich
und blättere in der Asche.

Ich erläutere auf dem Bildschirm
jedes erwähnte Ding,
wann es hergestellt wurde,
woraus und wozu.

Und ganz aus eigenem Antrieb
untersuche ich manche Briefe
und korrigiere darin
die Rechtschreibfehler.

Zugegeben – bestimmte Wörter
machen mir Schwierigkeiten.
So kann ich die »Gefühle« genannten Zustände
bisher noch nicht genau erklären.

Ähnlich mit der »Seele«, einem rätselhaften Wort.
Vorläufig habe ich festgelegt, es sei eine Art Nebel,
angeblich dauerhafter als sterbliche Organismen.

Doch das größte Problem habe ich mit dem Ausdruck »ich bin«.
Es scheint eine gewöhnliche Tätigkeit zu sein,
allgemein verbreitet, doch nicht kollektiv,
in der Urzeit der Gegenwart,
im unvollendeten Modus,
der doch, wie man weiß, schon lange vollendet ist.

Doch reicht das aus als Definition?
In der Leitung rauscht es und Schrauben knirschen.
Mein Knopf zur Zentrale qualmt, statt zu leuchten.

Ich werde wohl Bruderhilfe anfordern
von Kumpel Zwei Fünftel Null Durch Ein Halb.
Der gilt zwar als verrückt,
aber Ideen hat er.

Es gibt welche, die

Es gibt welche, die das Leben geschickter handhaben.
Sie halten in sich und um sich Ordnung.
Haben für alles ein Mittel und die richtige Antwort.

Sie erraten sofort, wer wen, wer mit wem,
zu welchem Zweck, wohin.

Einzige Wahrheiten stempeln sie ab,
unnötige Fakten werfen sie in den Reißwolf,
und unbekannte Personen
kommen in dafür vorgesehene Ordner.

Sie denken soviel, wie sich lohnt,
keinen Augenblick länger,
denn hinter dem Augenblick lauert der Zweifel.

Und wenn sie vom Dasein freigestellt werden,
verlassen sie den Posten
durch die angegebene Tür.

Manchmal beneide ich sie
– das geht zum Glück vorüber.

Ketten

Ein heißer Tag, eine Hundehütte, ein Hund an der Kette.
Ein paar Schritte weiter eine Schüssel voll Wasser.
Aber die Kette ist zu kurz, der Hund kommt nicht hin.
Fügen wir dem Bild noch ein Detail dazu:
unsere wesentlich längeren
und weniger sichtbaren Ketten,
dank derer wir locker vorbeigehen können.

Auf dem Flughafen

Sie laufen mit offenen Armen aufeinander zu,
rufen lachend: »Endlich! Endlich!«
Beide in dicker Winterkleidung,
in warmen Mützen,
Schals,
Handschuhen,
Stiefeln –
aber nur noch für uns.
Füreinander sind sie nackt.

Zwang

Wir essen fremdes Leben, um zu leben.
Ermordetes Schwein mit verstorbenem Kraut.
Die Speisekarte – ein Nekrolog.

Selbst die besten Menschen
müssen Getötetes zu sich nehmen und verdauen,
damit ihre sensiblen Herzen
nicht aufhören zu schlagen.

Selbst die lyrischsten Dichter.
Selbst die strengsten Asketen
kauen und schlucken etwas,
das gleichwohl gewachsen ist.

Schwer, dies mit guten Göttern unter einen Hut zu bringen.
Es sei denn leichtgläubigen,
es sei denn naiven,
die ihre ganze Macht an die Natur abgegeben haben.
Sie, die Verrückte, drängt uns den Hunger auf,
und wo Hunger ist,
ist es aus mit der Unschuld.

Zum Hunger gesellen sich sofort die Sinne:
Schmecken, Riechen, Tasten, Sehen,
denn es ist nicht egal, was für Speisen
auf was für Tellern.
Sogar das Hören nimmt teil
an dem, was da abläuft,
denn bei Tisch wird nicht selten fröhlich geplaudert.

Jedem wird einmal

Jedem wird einmal ein Angehöriger sterben,
zwischen Sein oder Nichtsein
gezwungen, letzteres zu wählen.

Schwer begreiflich für uns, daß dies banal ist,
zum Lauf der Ereignisse gehört,
dem Prozedere entspricht;

früher oder später an der Tagesordnung,
der Abend-, Nacht- oder blassen Morgenordnung;

und offensichtlich wie das Lemma im Index,
wie der Paragraph im Kodex,
wie das erste beste
Datum im Kalender.

Aber so ist von Rechts und Links wegen die Natur.
So ist, aufs Geratewohl, ihr Omen und Amen.
Evident und omnipotent.

Und nur bisweilen
tut sie uns einen kleinen Gefallen
und packt uns die toten Angehörigen
in den Traum.

Hand

Siebenundzwanzig Knochen,
fünfunddreißig Muskeln,
etwa zweitausend Nervenzellen
in jeder Spitze unserer fünf Finger.
Das reicht vollkommen,
um »Mein Kampf« zu schreiben
oder »Pu der Bär«.

Spiegel

Ja, ich erinnere mich an diese Wand
in unserer zerstörten Stadt.
Sie ragte fast sechs Stockwerke hoch.
Im vierten war ein Spiegel,
ein unglaublicher Spiegel,
weil nicht kaputt, solide befestigt.

Er spiegelte kein Gesicht mehr,
keine Hände, die das Haar richten,
keine Tür gegenüber,
nichts, was man einen Ort
hätte nennen können.

Es war wie in den Ferien –
man betrachtete darin den lebendigen Himmel,
geschäftige Wolken in wilder Luft,
den Staub der Trümmer, von glänzendem Regen gewaschen,
Vögel im Flug, Sterne, Sonnenaufgänge.

Und wie jeder gut gefertigte Gegenstand
funktionierte er einwandfrei,
das fehlende Staunen berufsbedingt.

Im Schlaf

Mir träumte, daß ich etwas suchte,
es mußte irgendwo versteckt sein oder verloren,
unter dem Bett, unter der Treppe,
unter der alten Adresse.

Ich wühlte in Schränken, Schubladen, Schachteln,
voll leerer ungereimter Reime.

Aus den Koffern zog ich
die zurückgelegten Jahre und Reisen.

Aus den Taschen schüttelte ich
vertrocknete Briefe und Blätter, nicht an mich.

Atemlos lief ich
durch heimliche, unheimliche
Behausungen, Unbehausungen.

Blieb stecken in Tunneln aus Schnee
und Vergessen.

Verstrickte mich in stachlige Sträucher
und Vermutungen.

Schob die Luft beiseite
und das Kindergras.

Versuchte es zu schaffen,
bevor das vergangene Jahrhundert sich neigt
die Tür zufällt und Stille eintritt.

Zum Schluß wußte ich nicht mehr,
was ich so lange gesucht hatte.

Ich wachte auf.
Schaute auf die Uhr.
Der Traum hatte keine zweieinhalb Minuten gedauert.

Ja, zu solchen Kunststückchen ist die Zeit gezwungen,
seit sie auf schlafende
Köpfe stößt.

Gegenseitigkeit

Es gibt Kataloge von Katalogen.
Es gibt Gedichte über Gedichte.
Stücke über Schauspieler, gespielt von Schauspielern.
Briefe aufgrund von Briefen.
Wörter, die der Erklärung von Wörtern dienen.
Gehirne, beschäftigt mit dem Studium der Gehirne.
Es gibt Sorgen, ansteckend wie Gelächter.
Papiere, entstanden aus dem Schreddern von Papieren.
Gesehene Blicke.
Fälle, dekliniert mit Fällen.
Große Flüsse, an denen kleine großen Anteil haben.
Wälder, bis zum Rand mit Wald bewachsen.
Maschinen, dazu bestimmt, Maschinen herzustellen.
Träume, die uns plötzlich aus dem Traum reißen.
Gesundheit, notwendig, um gesund zu werden.
Treppen, ebensolang nach unten wie nach oben.
Brillen zum Suchen von Brillen.
Einatmen und Ausatmen des Atems.
Und von Zeit zu Zeit hoffentlich
Haß auf den Haß.
Denn letztendlich –
Unwissenheit über die Unwissenheit
und Hände, beschäftigt mit Händewaschen.

An mein Gedicht

Im besten Fall
wirst du, mein Gedicht, aufmerksam gelesen,
kommentiert und in Erinnerung behalten.

Im schlechteren Fall
nur durchgelesen.

Die dritte Möglichkeit –
du wirst geschrieben,
aber gleich in den Papierkorb geworfen.

Oder du kannst den vierten Ausweg wählen:
du verschwindest ungeschrieben
und murmelst zufrieden vor dich hin.

Die Karte

Flach wie der Tisch,
auf dem sie liegt.
Nichts rührt sich unter ihr
oder wechselt den Ort.
Über ihr – mein menschlicher Atem
bringt die Luft nicht ins Wirbeln,
nichts trübt ihre reinen Farben.

Sogar die Meere sind immer wohlwollend blau
an den zerrissenen Rändern.

Alles ist klein hier, zugänglich, nah.
Mit dem Fingernagel kann ich in Vulkane pieksen,
ohne dicke Handschuhe die Pole streicheln,
kann mit einem Blick
jede Wüste umfassen
samt dem Fluß dicht daneben.

Wälder sind mit Bäumen gekennzeichnet,
zwischen denen man sich kaum verirren kann.

Im Osten und Westen,
über und unter dem Äquator –
ist es so still, daß man Stecknadeln fallen hört,
und hinter jeder Nadel steckt ein Mensch.
Massengräber und jähe Ruinen
sind nicht auf dem Bild.

Die Ländergrenzen sind kaum zu sehen,
als schwankten sie zwischen Sein und Nichtsein.

Ich mag Karten, weil sie lügen.
Weil sie der boshaften Wahrheit keinen Zutritt lassen.
Weil sie großherzig, gutmütig, mit Humor
auf meinem Tisch eine Welt ausbreiten
    – nicht von dieser Welt.

Adam Zagajewski

Einen Dichter wie sie gibt es kein zweites Mal

Einer der größten Widersacher Wisława Szymborskas, neben der totalitären Ideologie, dem politischen Verbrechen und – auf anderer Ebene – dem Tod, war die Langeweile. Langeweile und Banalität. Szymborska, die nichts Bohemehaftes an sich hatte, sich nicht exzentrisch kleidete und keinen Wert darauf legte, besonders aufzufallen, konnte das Banale nicht ausstehen. In ihren Gedichten wie in der Kunst des Lebens war sie stets um das Originelle, Spannende bemüht. Wenn sie sich abends mit anderen zu einem Glas Wein traf, wollte sie keine Banalitäten austauschen. Sie liebte die Konversation, gab sich ausgefallenen Lektüren hin und war an den unterschiedlichsten Wissenschaften interessiert, deren Entwicklung sie verfolgte. Das Modell des Dichters, der sich nur für Dichtung begeistern kann, lehnte sie ab.

Und sie lachte gern.

Manchmal kam es mir vor, als sei sie unmittelbar einem der intellektuellen Salons im Paris des 18. Jahrhunderts entsprungen. Bekanntlich wurden diese Salons von Frauen geführt, von Damen – belesenen, mutigen Persönlichkeiten, die unabhängig waren in ihren Ansichten. Wisława Szymborska schätzte die Aufklärung, die Vernunft; in unserer von romantischem Fieber durchdrungenen Kultur repräsentierte sie andere Werte, eine andere Temperatur. Sie war die Eleganz in Person: elegant in ihren Gesten, Bewegungen, in ihren Worten und Gedichten. Die Form war ihr wichtig, Chaos mochte sie nicht. Auch ihr vollendeter Humor entsprang in gewisser Weise der Aufklärung.

Sowohl in den Gedichten als auch im Leben war sie immer sie selbst, Wisława Szymborska, fast ohne weitere Beimischung und andere Ingredienzien. Auf dem Hintergrund der europäischen Gegenwartslyrik zeichnen sich ihre Gedichte durch Originalität aus: Sie sind intellektuell, konzentriert, aber auch witzig, ironisch und – o Wunder – unglaublich verständlich. Einen Dichter wie sie gibt es kein zweites Mal. Auch außerhalb Polens war sie vielerorts sehr populär. In Italien kamen die Menschen in hellen Scharen zu ihren Lesungen. Wie es in anderen Ländern war, wissen wir nicht, weil sie anderswo nicht hinfuhr, doch die gewaltigen Auflagen ihrer Bücher, beispielsweise in den USA, sprechen für sich. Einladungen lehnte sie ab: »Ich komme, sobald ich jünger bin«, diktierte sie ihrem Sekretär. Die Tatsache, daß sie nicht kam, weil die boshafte Zeit ihr nicht erlaubte, dieses Versprechen zu halten, machte sie zu einer legendären Gestalt. Direktoren großer Institutionen und Universitätsprofessoren bedauerten ihre Absagen zutiefst. Da hatten wir in Krakau wahrlich mehr Glück!

Auch in Freundschaften fand sie Erfüllung. Begegnungen im kleinen Kreis Vertrauter waren das, was sie wollte, hier war sie in ihrem Element. Massen, selbst die Massen ihrer Bewunderer, schüchterten sie ein. Vor der Masse floh sie. Interviews gab sie selten, sie wollte keine öffentliche Person sein, auch wenn sie die Ereignisse in ihrem Land aufmerksam verfolgte und klare politische Ansichten vertrat. Vor wichtigen Wahlen konnte es schon einmal vorkommen, daß sie offen liberale Kandidaten unterstützte – gegen die Populisten. Das Paradox ihres Lebens war, daß sie, bei all ihrer Aversion gegen Publicity, bei all ihrem Unwillen gegen Kameras und Scheinwerfer, eine sehr bekannte Autorin war, eine, auf die man hörte – also doch eine öffentliche Person, wenn auch wider Willen.

Sie schrieb in ihrem eigenen, ruhigen Rhythmus, ohne Eile. Wahrscheinlich hat sie an jedem ihrer Werke lange gearbeitet. Wir wissen auch, daß sie die Entwürfe ihrer Gedichte vernichtete – ein wenig wie der Frédéric Chopin in Benns Gedicht:

»... nur keine Restbestände, Fragmente, Notizen, diese verräterischen Einblicke.« Nach dem Trubel um den Nobelpreis, nach den Blitzlichtgewittern, den lauten Feiern, die entschieden nicht nach ihrem Geschmack waren, setzte sie ihr normales, arbeitsames Leben fort, das aus Schreiben, Lektüre, Freundschaften, Fernsehen und Ferien im Gebirge bestand.

Wer sie gut kannte, hat immer betont, sie sei ein heiterer Mensch gewesen. Ein tragisches Ereignis war Anfang der neunziger Jahre der Tod ihres langjährigen Lebensgefährten Kornel Filipowicz, eines hervorragenden Prosaisten und reizenden Menschen. Ihm widmete Szymborska die wohl diskreteste Elegie, die die Geschichte der Dichtung hervorgebracht hat: »Die Katze in der leeren Wohnung«. Ein Gedicht, dessen erschütternde Wirkung vor allem durch das ausgelöst wird, was darin nicht gesagt ist. Die Zeit der Trauer war für sie eine einsame Zeit. Als sie in die menschliche Gesellschaft zurückkehrte, war sie wieder sie selbst, eine Person, die lächelt, die nicht klagt. Sie selbst hat einmal erzählt, bei den Treffen mit ihren Freundinnen aus der Gymnasialzeit habe immer eine Sparbüchse auf dem Tisch gestanden, und wer über seine Leiden oder Krankheiten sprach, mußte eine kleine Geldbuße entrichten.

Eine ähnliche Legierung aus Skepsis und Akzeptanz finden wir auch in ihren Gedichten. Im Spätwerk von Wisława Szymborska verschiebt, verändert sich etwas: Wir haben es immer noch mit einem skeptischen Geist zu tun, der jeglicher Ideologie abschwört, aber in ihren Gedichten, die immer ein gewisses Mißtrauen der Welt gegenüber an den Tag legen, erscheint sie zunehmend gelassen. Vielleicht liegt gerade darin der geheimnisvolle Reiz dieser Lyrik – in der Verbindung von philosophischer Strenge, konsequenter Ablehnung eines die Wirklichkeit erklärenden Prinzips mit dem humor- und liebevollen Akzeptieren einer Situation. In dem Gedicht »Ein Wort über die Seele« aus dem Band *Der Augenblick* kommentiert die Autorin unser nicht einfaches Verhältnis zur Seele (die uns entschieden zu oft im Stich läßt); zum Schluß aber heißt es ermutigend: »Es sieht so aus, / daß so, wie wir sie, / auch sie uns / zu irgend etwas braucht.« Szymborskas Lyrik scheint zu suggerieren: Ja, wir wissen nur wenig, alles ist möglich, unser Leben ist zerbrechlich und auf das zweifelhafte Fundament des Zufalls gebaut, und dennoch können wir auf diesem unvollkommenen Planeten leben und könnten uns manchmal geradezu wohl fühlen hier – wenn die Menschen es nur fertigbrächten, von Krieg und Haß abzulassen.

Die Vorstellung eines anderen, nach den strengen Regeln der Logik aufgebauten Kosmos, einer Welt, in der gilt: »In den Sätzen herrscht die Wirklichkeitsform / Die Namen decken sich exakt mit den Dingen«, diese im »Schrecklichen Traum eines Dichters« (vgl. S. 28) formulierte Vorstellung erfüllt die Autorin mit Grauen. Offensichtlich sah sie gerade in der Unlogik und Vieldeutigkeit unseres Lebens die Möglichkeit zur Freiheit.

Aber wenn ich das sage, sage ich schon zuviel: Schließlich vermied Wisława Szymborska Begriffe und Schlagworte, suchte eigene, private Wege, zog das Konkrete dem Abstrakten vor und wußte die Vorteile des Dichterdaseins zu schätzen: etwa das Privileg, »Programme« und Wörter mit großen, mit den ganz großen Buchstaben abzulehnen.

Krakau, im April 2012

Biobibliographische Notiz

Wisława Szymborska, Lyrikerin, Essayistin und Übersetzerin, wurde am 2. Juli 1923 als Tochter eines Gutsverwalters des Grafen Zamoyski in Kórnik bei Posen geboren. 1931 zog die Familie nach Krakau. Szymborska legte ihr Abitur an einem Untergrundgymnasium ab und hielt sich danach mit Gelegenheitsarbeiten über Wasser. Nach Kriegsende studierte sie Polonistik und Soziologie an der Jagiellonen-Universität. Sie debütierte 1945 mit dem Gedicht »Ich suche das Wort«; ihr erster Gedichtband *Deshalb leben wir* erschien 1952. Seit 1953 redigierte sie den Lyrikteil der Wochenzeitschrift *Życie Literackie* (Literarisches Leben) und veröffentlichte Buchbesprechungen. Nach der Verhängung des Kriegsrechts im Dezember 1981 stellte sie ihre Redakteurstätigkeit ein. Seitdem lebte sie zurückgezogen in Krakau. 1996 erhielt sie den Nobelpreis für Literatur. Sie starb am 1. Februar 2012 in Krakau.
Sól (1962) war der erste Gedichtband, der dank der Vermittlung von Karl Dedecius auf deutsch bei Suhrkamp erscheinen konnte (*Salz. Gedichte*, es 600). Es folgten: *Deshalb leben wir* (1980), *Auf Wiedersehen. Bis morgen* (1995), *Die Gedichte* (1997), *Hundert Freuden* (1986 und 2008), *Der Augenblick/Chwila* (2005), *Liebesgedichte* (2007), alle übersetzt von Karl Dedecius.

Renate Schmidgall, 1955 in Heilbronn geboren, studierte Slawistik und war von 1984 bis 1996 Mitarbeiterin des von Karl Dedecius gegründeten Deutschen Poleninstituts in Darmstadt. Sie übersetzte u. a. Bücher von Paweł Huelle, Andrzej Stasiuk, Wojciech Kuczok, Jacek Dehnel, Piotr Sommer, Maciej Niemiec und Adam Zagajewski. Ihre übersetzerische Arbeit wurde mit dem Jane-Scatchard-Preis 2001, dem Europäischen Übersetzerpreis 2006 und dem Karl-Dedecius-Preis 2009 ausgezeichnet.

Adam Zagajewski, 1945 in Lemberg geboren, studierte Psychologie und Philosophie in Krakau und avancierte in den siebziger Jahren zu einer bedeutenden Figur der damaligen Literatur Polens. 1978 schloß er sich dem Kreis um die Bürgerrechtsbewegung KOR an. 1982 ließ er sich in Paris nieder. Heute lebt er wieder in Krakau und unterrichtet regelmäßig an der University of Chicago. Er ist Autor zahlreicher Lyrik- und Essaybände sowie mehrerer Romane und wurde für sein Werk mehrfach ausgezeichnet. Auf deutsch erschienen u. a. *Ich schwebe über Krakau.* Erinnerungsbilder, 2000, *Die Wiesen von Burgund.* Ausgewählte Gedichte, 2003, und *Verteidigung der Leidenschaft.* Essays, 2008. Im Herbst 2012 folgt, von Renate Schmidgall übersetzt, *Unsichtbare Hand.* Gedichte (alle im Hanser Verlag).

Die Gedichte sind folgenden Bänden entnommen:

I Doppelpunkt:
Dwukropek. Kraków: Wydawnictwo a5 2005
»ABC«, »Verkehrsunfall«, »Morgen – ohne uns«, »Die Höflichkeit der Blinden«, »Monolog eines ins Zeitgeschehen verwikkelten Hundes«, »Interview mit Atropos« und »Labyrinth« wurden dem Band 1396 der Bibliothek Suhrkamp *Der Augenblick/Chwila* entnommen, den Karl Dedecius herausgegeben und übersetzt hat. Das Gedicht »Moralitet leśny« wurde auf Wunsch der Autorin nicht in die deutsche Ausgabe aufgenommen; sie hielt es für unübersetzbar.

II Glückliche Liebe:
Miłość szczęśliwa i inne wiersze. Kraków: Wydawnictwo a5 2007
Eine Auswahl aus den elf publizierten Gedichtbänden Szymborskas. »Glückliche Liebe« wurde dem Band *Wszelki wypadek* (Alle Fälle), 1972, entnommen. »Wenn« war zuvor unpubliziert.

III Hier:
Tutaj. Kraków: Wydawnictwo Znak 2009

IV Es ist genug:
Wystarczy. Kraków: Wydawnictwo a5 2012

Inhalt

Louis Begley

– Lügen in Zeiten des Krieges. Roman. Übersetzt von Christa Krüger. st 2546. 223 Seiten. Großdruck: st 4092. 310 Seiten
– Ehrensachen. Roman. Übersetzt von Christa Krüger. st 3998. 444 Seiten
– Schmidts Einsicht. Roman. Übersetzt von Christa Krüger. st 4415. 415 Seiten
– Der Fall Dreyfus. Teufelsinsel, Guantánamo, Alptraum der Geschichte. Übersetzt von Christa Krüger. st 4304. 248 Seiten

Thomas Bernhard

– Alte Meister. Komödie. st 1553. 310 Seiten
– Auslöschung. Ein Zerfall. st 1563. 651 Seiten
– Heldenplatz. st 2474. 176 Seiten
– Holzfällen. Eine Erregung. st 1523. 336 Seiten
– Aus Opposition gegen mich selbst. Ein Lesebuch. Herausgegeben von Raimund Fellinger. st 4211. 368 Seiten

Peter Bichsel

– Kindergeschichten. st 2642. 86 Seiten
– Über Gott und die Welt. Schriften zur Religion. Herausgegeben von Andreas Mauz. st 4154. 288 Seiten

Lily Brett

– Lola Bensky. Roman. Übersetzt von Brigitte Heinrich. st 4470. 302 Seiten
– Chuzpe. Roman. Übersetzt von Melanie Walz. st 3922. 334 Seiten

Jaume Cabré

– Die Stimmen des Flusses. Roman. Übersetzt von Kirsten Brandt. st 4049. 666 Seiten

NF 266d/2/01.15

Truman Capote
- Die Grasharfe. Roman. Übersetzt von Annemarie Seidel und Friedrich Podszus. st 1796. 208 Seiten

Paul Celan
- Die Gedichte. Kommentierte Gesamtausgabe in einem Band. Herausgegeben und kommentiert von Barbara Wiedemann. st 3665. 1000 Seiten
- »Die Jahre von dir zu mir«. Ein Lesebuch von Ben Becker. st 4468. 107 Seiten

Marguerite Duras
- Der Liebhaber. Übersetzt von Ilma Rakusa. st 4507. 143 Seiten

Hans Magnus Enzensberger
- Herrn Zetts Betrachtungen, oder Brosamen, die er fallen ließ, aufgelesen von seinen Zuhörern. st 4553. 226 Seiten
- Hammerstein oder Der Eigensinn. Eine deutsche Geschichte. st 4095. 378 Seiten
- Gedichte 1950-2015. st 4554. 241 Seiten

Louise Erdrich
- Der Club der singenden Metzger. Roman. Übersetzt von Renate Orth-Guttmann. st 3750. 503 Seiten
- Der Klang der Trommel. Roman. Übersetzt von Renate Orth-Guttmann. st 4083. 327 Seiten

Laura Esquivel
- Bittersüße Schokolade. Roman. Übersetzt von Petra Strien. st 2391 und it 4030. 278 Seiten

Philippe Grimbert
- Ein Geheimnis. Roman. Übersetzt von Holger Fock und Sabine Müller. st 3920. 154 Seiten

NF 266d/3/01.15

Peter Handke
- Immer noch Sturm. st 4323. 165 Seiten
- Mein Jahr in der Niemandsbucht. Ein Märchen aus den neuen Zeiten. st 3887. 628 Seiten
- Die morawische Nacht. Erzählung. st 4108. 560 Seiten
- Wunschloses Unglück. Erzählung. st 3287. 96 Seiten

Marie Hermanson
- Der Mann unter der Treppe. Roman. Übersetzt von Regine Elsässer. st 3875. 269 Seiten
- Muschelstrand. Roman. Übersetzt von Regine Elsässer. st 3390. 304 Seiten

Hermann Hesse
- Der Steppenwolf. Roman. st 175. 288 Seiten
- Siddhartha. Eine indische Dichtung. st 182. 128 Seiten
- Narziß und Goldmund. Erzählung. st 274. 320 Seiten
- Mit der Reife wird man immer jünger. Betrachtungen und Gedichte über das Alter. st 3551. 192 Seiten

Reginald Hill
- Rache verjährt nicht. Roman. Übersetzt von Ulrike Wasel und Klaus Timmermann. st 4473. 683 Seiten

Uwe Johnson
- Jahrestage. Aus dem Leben von Gesine Cresspahl. 4 Bände. st 4455. 2150 Seiten
- Zwei Ansichten. st 2183. 243 Seiten

James Joyce
- Ulysses. Roman. Übersetzt von Hans Wollschläger. st 3816. 987 Seiten

Daniel Kehlmann
- Ich und Kaminski. Roman. st 3653. 174 Seiten

NF 266d/4/01.15

Sibylle Lewitscharoff
- Apostoloff. Roman. st 4180. 248 Seiten
- Blumenberg. Roman. st 4399. 220 Seiten
- Montgomery. Roman. st 4321. 346 Seiten

Nicolas Mahler
- Alice in Sussex. Frei nach Lewis Carroll und H.C. Artmann. Graphic Novel. st 4386. 143 Seiten
- Thomas Bernhard: Alte Meister. Komödie. Gezeichnet von Mahler. Graphic Novel. st 4293. 158 Seiten
- Der Mann ohne Eigenschaften. Nach Robert Musil. Graphic Novel. st 4483. 156 Seiten

Andreas Maier
- Das Haus. Roman. st 4416. 165 Seiten
- Onkel J. Heimatkunde. st 4261. 132 Seiten
- Bullau. Versuch über Natur. st 3947. 127 Seiten
- Wäldchestag. Roman. st 3381. 315 Seiten
- Das Zimmer. Roman. st 4303. 203 Seiten

Adrian McKinty
- Der katholische Bulle. Roman. Übersetzt von Peter Torberg. st 4523. 384 Seiten

Patrick Modiano
- Eine Jugend. Roman. Übersetzt von Peter Handke. st 4615. 187 Seiten
- Die Gasse der dunklen Läden. Roman. Übersetzt von Gerhard Heller. st 4617. 160 Seiten
- Villa Triste. Roman. Übersetzt von Walter Schürenberg. st 4616. 142 Seiten

Cees Nooteboom
- Allerseelen. Roman. Übersetzt von Helga van Beuningen. st 3163. 440 Seiten

NF 266d/5/01.15

- Briefe an Poseidon. Übersetzt von Helga van Beuningen. st 4494. 224 Seiten
- Schiffstagebuch. Ein Buch von fernen Reisen. Übersetzt von Helga van Beuningen. st 4362. 283 Seiten

Amos Oz
- Eine Geschichte von Liebe und Finsternis. Roman. Übersetzt von Ruth Achlama. st 3788 und st 3968. 828 Seiten
- Unter Freunden. Übersetzt von Mirjam Pressler. st 4509. 215 Seiten

Marcel Proust
- Auf der Suche nach der verlorenen Zeit. 7 Bände in Kassette. Übersetzt von Eva Rechel-Mertens. Revidiert von Luzius Keller und Sibylla Laemmel. 5300 Seiten

Ralf Rothmann
- Feuer brennt nicht. Roman. st 4173. 304 Seiten
- Milch und Kohle. Roman. st 3309. 210 Seiten
- Shakespeares Hühner. Erzählungen. st 4434. 212 Seiten

Judith Schalansky
- Blau steht dir nicht. Matrosenroman. st 4284. 139 Seiten
- Der Hals der Giraffe. Bildungsroman. st 4388. 222 Seiten

Andrzej Stasiuk
- Hinter der Blechwand. Roman. Übersetzt von Renate Schmidgall. st 4405. 349 Seiten
- Kurzes Buch über das Sterben. Geschichten. Übersetzt von Renate Schmidgall. Gebundene Ausgabe. st 4421. 112 Seiten

Uwe Tellkamp
- Der Eisvogel. Roman. st 4161. 318 Seiten
- Der Turm. Geschichte aus einem versunkenen Land. Roman. st 4160. 976 Seiten

NF 266d/6/01.15

Tuvia Tenenbom
– Allein unter Deutschen. Eine Entdeckungsreise. Übersetzt von Michael Adrian. st 4374. 431 Seiten
– Allein unter Juden. Eine Entdeckungsreise durch Israel. Übersetzt von Michael Adrian. st 4530. 473 Seiten

Hans-Ulrich Treichel
– Grunewaldsee. Roman. st 4244. 237 Seiten
– Menschenflug. Roman. st 3837. 233 Seiten
– Der Verlorene. Erzählung. st 3061. 176 Seiten

Rose Tremain
– Der unausweichliche Tag. Roman. Übersetzt von Christel Dormagen. st 4403. 334 Seiten

Mario Vargas Llosa
– Das böse Mädchen. Roman. Übersetzt von Elke Wehr. st 3932. 395 Seiten
– Der Traum des Kelten. Roman. Übersetzt von Angelica Ammar. st 4380. 447 Seiten
– Ein diskreter Held. Roman. Übersetzt von Thomas Brovot. st 4545. 380 Seiten

Martin Walser
– Ein fliehendes Pferd. Novelle. st 600. 160 Seiten

Don Winslow
– Manhattan. Roman. Übersetzt von Hans-Joachim Maass. st 4440. 404 Seiten
– Kings of Cool. Roman. Übersetzt von Conny Lösch. st 4488. 349 Seiten
– Tage der Toten. Kriminalroman. Übersetzt von Chris Hirte. st 4340. 689 Seiten
– Pacific Private. Kriminalroman. Übersetzt von Conny Lösch. st 4096. 394 Seiten

NF 266b/7/01.15